ISBN : 2 7470 0684-0

Dépôt légal : septembre 2002

Impression et reliure Pollina s.a., 85400 Luçon - n° L87032
Loi 49-956 du 16 juillet 1949 sur les publications destinées à la jeunesse.

Chansons et comptines de

PETIT OURS BRUN

Illustrations de Danièle Bour

BAYARD JEUNESSE

Trois poules

Quand trois poules
vont aux champs,
la première va devant,
la deuxième suit la première,
la troisième va derrière.

Quand trois poules
vont aux champs,
la première va devant…

À cheval sur mon bidet

À cheval sur mon bidet,
quand il trotte, il est coquet.
Au pas, au pas, au pas.
Au trot, au trot, au trot.
Au galop, au galop, au galop !

Dors, min p'tit quinquin

Dors, min p'tit quinquin,
min p'tit pouchin,
min gros rojin !
Te m'f'ras du chagrin
si te n'dors point j'qu'à d'main.

J’ai perdu le *do* de ma clarinette

J’ai perdu le *do* de ma clarinette,
j’ai perdu le *do* de ma clarinette.
Ah ! si papa savait ça, tra la la,
ah ! si papa savait ça, tra la la.

Dansons la capucine

Dansons la capucine,
y a plus de pain chez nous,
y en a chez la voisine,
mais ce n'est pas pour nous.
You !

À la volette

Mon petit oiseau
a pris sa volée *(bis)*.
A pris sa
à la volette *(bis)*
a pris sa volée.

Est allé se mettre
sur un oranger *(bis)*.
Sur un or
à la volette *(bis)*
sur un oranger.

Au feu, les pompiers !

Au feu, les pompiers !
Ma maison qui brûle !
C'est pas moi qui l'ai brûlée,
c'est la cuisinière,
c'est pas moi qui l'ai brûlée,
c'est le cuisinier !

Il pleut, il mouille

Il pleut, il mouille,
c'est la fête à la grenouille !
Il mouille, il pleut,
c'est la fête au poisson bleu !
Il pleut, il fait beau temps,
c'est la fête au paysan.

Mon petit lapin

Mon petit lapin
a bien du chagrin,
il ne saute plus
dans mon p'tit jardin.
Mon petit lapin
a bien du chagrin,
il ne danse plus
dans mon p'tit jardin.

Saute, saute, mon petit lapin,
et va vite embrasser quelqu'un.

Sur le pont d’Avignon

Sur le pont d’Avignon,
on y danse, on y danse,
sur le pont d’Avignon,
on y danse tout en rond.

Les beaux messieurs
font comme ça,
et puis encore comme ça.

La mère Michel

C'est la mère Michel
qui a perdu son chat,
qui crie par la fenêtre
à qui le lui rendra.
C'est le père Lustucru
qui lui a répondu :
– Allez, la mère Michel,
vot' chat n'est pas perdu !

Sur l'air du tralala *(bis)*,
sur l'air du traderidera,
et tralala.

À la soupe

À la soupe, soupe, soupe,
au bouillon, ion, ion.
La soupe à l'oseille,
c'est pour les demoiselles,
la soupe à l'oignon,
c'est pour les garçons.

Un kilomètre à pied

Un kilomètre à pied,
ça use, ça use,
un kilomètre à pied,
ça use les souliers.

Enroulez le fil

Enroulez le fil,
déroulez le fil,
et tire et tire,
et tape tape tape.
La la la la la la,
la la la la la la.

Maman, les petits bateaux

Maman, les petits bateaux
qui vont sur l'eau,
ont-ils des jambes ?
Mais oui, mon gros bêta,
s'ils n'en avaient pas,
ils ne marcheraient pas.

Trois jeunes tambours

Trois jeunes tambours
s'en revenaient de guerre *(bis)*.
Et ri et ran, ranpataplan,
s'en revenaient de guerre.

Quelle heure est-il ?

– Quelle heure est-il,
madame Persil ?
– Huit heures et quart,
madame Placard.
– En êtes-vous sûre,
madame Chaussure ?
– Assurément,
madame Piment.

Vive le vent

Vive le vent, vive le vent,
vive le vent d'hiver,
qui s'en va sifflant, soufflant
dans les grands sapins verts.
Oh !
Vive le temps, vive le temps,
vive le temps d'hiver.
Boule de neige et jour de l'an,
et bonne année, grand-mère !

Savez-vous planter les choux ?

Savez-vous planter les choux
à la mode, à la mode,
savez-vous planter les choux,
à la mode de chez nous ?

On les plante avec le doigt,
à la mode, à la mode,
on les plante avec le doigt,
à la mode de chez nous.

Arlequin dans sa boutique

Arlequin dans sa boutique,
sur les marches du palais,
il enseigne la musique
à tous ses petits valets.

Oui, Monsieur Po,
Oui, Monsieur Li,
Oui, Monsieur Chi,
Oui, Monsieur Nelle,
Oui, Monsieur Polichinelle.

Do ré mi fa sol la si do

Do ré mi fa sol la si do,
gratte-moi la puce
que j'ai dans le dos.

Si tu m'l'avais grattée plus tôt,
elle ne s'rait pas
montée si haut.

Les petits poissons

Les petits poissons dans l'eau
nagent, nagent, nagent, nagent,
les petits poissons dans l'eau
nagent aussi bien que les gros.

Les petits, les gros
nagent comme il faut.
Les gros, les petits
nagent bien aussi.

L'empereur et le petit prince

Lundi matin,
l'empereur, sa femme
et le petit prince
sont venus chez moi
pour me serrer la pince.
Comme j'étais parti,
le petit prince a dit :
puisque c'est ainsi,
nous reviendrons mardi.

Petit escargot

Petit escargot
porte sur son dos
sa maisonnette.
Aussitôt qu'il pleut,
il est tout heureux,
il sort sa tête.

Une poule sur un mur

Une poule sur un mur
qui picotait du pain dur,
picoti, picota,
lève la queue et puis s'en va
par ce petit chemin-là.

Il était un petit homme, pirouette

Il était un petit homme,
pirouette, cacahouète,
il était un petit homme,
qui avait une drôle
de maison (*bis*).

La maison est en carton,
pirouette, cacahouète,
la maison est en carton,
les escaliers sont en papier (*bis*).

La peinture à l'huile

La peinture à l'huile,
c'est bien difficile,
mais c'est bien plus beau
que la peinture à l'eau !

Promenons-nous dans les bois

Promenons-nous dans les bois
pendant qu' le loup n'y est pas.
Si le loup y était,
il nous mangerait,
mais comme il n'y est pas,
il nous mangera pas.

Fais dodo, Colas

Fais dodo,
Colas, mon petit frère,
fais dodo, t'auras du lolo.
Maman est en haut
qui fait du gâteau,
papa est en bas
qui fait du chocolat.
Fais dodo,
Colas, mon petit frère,
fais dodo, t'auras du lolo.

À la claire fontaine

À la claire fontaine
m'en allant promener,
j'ai trouvé l'eau si belle
que je m'y suis baignée.

Il y a longtemps que je t'aime,
jamais je ne t'oublierai.

Fais pipi su'l'gazon

Fais pipi su'l'gazon
pour embêter les coccinelles,
fais pipi su'l'gazon
pour embêter les papillons !

Bonjour, ma cousine

– Bonjour, ma cousine.
– Bonjour, mon cousin germain.
On m'a dit que vous m'aimiez,
est-ce bien la vérité ?
– Je ne m'en soucie guère,
je ne m'en soucie guère.
Passez par ici, et moi par là,
au revoir, ma cousine,
et puis voilà !

Bateau sur l'eau

Bateau sur l'eau,
la rivière, la rivière.
Bateau sur l'eau,
la rivière au bord de l'eau.
Plouf !

Rock and roll des gallinacés

Dans ma basse-cour, il y a
des poules, des dindons, des oies.
Il y a même des canards
qui barbotent dans la mare.
Cot cot cot cot codet,
cot cot cot cot codet,
cot cot cot cot codet,
rock and roll des gallinacés.

Mon beau sapin

Mon beau sapin,
roi des forêts,
que j'aime ta verdure !
Quand par l'hiver
bois et guérets
sont dépouillés
de leurs attraits,
mon beau sapin,
roi des forêts,
tu gardes ta parure.

J'ai du bon tabac

J'ai du bon tabac
dans ma tabatière,
j'ai du bon tabac,
tu n'en auras pas.

J'en ai du fin et du bien râpé,
mais ce n'est pas
pour ton vilain nez.

J'ai du bon tabac
dans ma tabatière,
j'ai du bon tabac,
tu n'en auras pas.

Ah ! mon beau château

Ah ! mon beau château,
ma tante tire, lire, lire.
Ah, mon beau château,
ma tante tire, lire, lo.

Le nôtre est plus beau,
ma tante tire, lire, lire.
Le nôtre est plus beau,
ma tante tire, lire, lo.

Pomme de reinette et pomme d'api

Pomme de reinette
et pomme d'api,
petit api rouge.
Pomme de reinette
et pomme d'api,
petit api gris.

Gentil coquelicot

J'ai descendu dans mon jardin,
j'ai descendu dans mon jardin,
pour y cueillir du romarin.

Gentil coquelicot, mesdames,
gentil coquelicot nouveau.

Nous n'irons plus au bois

Nous n'irons plus au bois,
les lauriers sont coupés ;
la belle que voilà,
la laisserons-nous danser ?

Entrez dans la danse,
voyez comme on danse,
sautez, dansez,
embrassez qui vous voudrez.

J'ai cassé la vaisselle à maman

J'ai cassé la vaisselle à maman,
regardez bien
comment on s'y prend.
À la une ! à la deux ! à la trois !

Bon anniversaire

Bon anniversaire,
nos vœux les plus sincères.
Que ces quelques fleurs
vous apportent le bonheur.
Que l'année entière
vous soit douce et légère,
et que l'an fini
nous soyons tous réunis
pour chanter en chœur :
Bon anniversaire...

Oh, l'escargot !

Oh, l'escargot !
Quelle drôle de petite bête,
c'est rigolo, ce qu'il a sur la tête !
Un chat miaulait
le long de la gouttière.
Le vent soufflait
sur sa petite queue légère.
J'ai vu, j'ai vu,
le p'tit trou de son derrière.
J'ai vu, j'ai vu,
le p'tit trou de son...
Oh, l'escargot !

Fanfan la Tulipe

En avant, Fanfan la Tulipe,
en avant, Fanfan, en avant !
Tarirarira, rira, tarirarira !
En avant, Fanfan la Tulipe,
en avant, Fanfan, en avant !

Il était un petit navire

Il était un petit navire,
il était un petit navire
qui n'avait ja-ja-jamais navigué,
qui n'avait ja-ja-jamais navigué.
Ohé ! Ohé !

Ohé ! Ohé ! Matelot,
matelot navigue sur les flots.
Ohé ! Ohé ! Matelot,
matelot navigue sur les flots.

Au clair de la lune

Au clair de la lune,
mon ami Pierrot,
prête-moi ta plume
pour écrire un mot ;
ma chandelle est morte,
je n'ai plus de feu,
ouvre-moi ta porte
pour l'amour de Dieu.

La Samaritaine

La Samaritaine, taine, taine,
va à la fontaine, taine, taine,
va puiser de l'eau, l'eau, l'eau,
dans un petit seau, seau, seau.
Le pied a buté, té, té,
le seau est tombé, bé, bé,
l'eau s'est renversée !

Ah ! vous dirai-je, maman ?

Ah ! vous dirai-je, maman,
ce qui cause mon tourment ?
Papa veut que je raisonne
comme une grande personne.
Moi, je dis que les bonbons
valent mieux que la raison.

Les marionnettes

Ainsi font, font, font,
les petites marionnettes.
Ainsi font, font, font,
trois petits tours
et puis s'en vont.

J’aime la galette

J’aime la galette,
savez-vous comment ?
Quand elle est bien faite,
avec du beurre dedans.
Tra la la la la la la la lère
Tra la la la la la la la la (*bis*).

Dodo, l'enfant do

Dodo, l'enfant do,
l'enfant dormira bien vite.
Dodo, l'enfant do,
l'enfant dormira bientôt.

Un, deux, trois, nous irons au bois

Un, deux, trois,
nous irons au bois.
Quatre, cinq, six,
cueillir des cerises.
Sept, huit, neuf,
dans mon panier neuf.
Dix, onze, douze,
elles seront toutes rouges.

Petit papa Noël

Petit papa Noël,
quand tu descendras du ciel
avec des jouets par milliers,
n'oublie pas mon petit soulier.

Mais avant de partir,
il faudra bien te couvrir.
Dehors tu vas avoir si froid,
c'est un peu à cause de moi.

La polka

Mon papa ne veut pas
que je danse, que je danse.
Mon papa ne veut pas
que je danse la polka.

Il dira ce qu'il voudra,
moi, je danse, moi, je danse.
Il dira ce qu'il voudra,
moi, je danse la polka.

Meunier, tu dors

Meunier, tu dors,
ton moulin, ton moulin
va trop vite.
Meunier, tu dors,
ton moulin, ton moulin
va trop fort.
Ton moulin, ton moulin
va trop vite,
ton moulin, ton moulin
va trop fort.

Chansons et comptines de

Petit Ours Brun